Christine Glenz   Gregor Klein

Sammer in the city

Geschichten einer Saison

AF191229

Christine Glenz Gregor Klein

Sammer in the city

Geschichten einer Saison

Deutsche Erstausgabe
Juli 2005

Texte: Christine Glenz, Gregor Klein, Christian Dück

Buchgestaltung: Axel Reis

Herstellung und Verlag:
Books on Demand GmbH, Norderstedt

ISBN 3-8334-3190-3

Für Tine und Dorothee

Inhaltsverzeichnis

Vorwort

„So schlecht können die gar nicht spielen, dass ich nicht komme."
(Joachim Schmid, sah in 30 Jahren als VfB-Fan über 900 Spiele, in einem Interview der Stuttgarter Zeitung vom 29.12.2004)

Man geht nicht ins Stadion, um Spaß zu haben. Zumindest nicht in erster Linie. Das wird heute sehr gerne falsch verstanden. Die Wahrheit ist: Man geht ins Stadion um zu leiden.

Es sei denn, man ist Bayern-Fan. In diesem Fall ist das eigene Leben vermutlich auch so schon emotional anstrengend genug, und daher will man zumindest beim Fußball relative Sicherheit genießen. Aber großes Mitleid, Emotionen, Glaube, Liebe, Hoffnung, Leiden, Depression? Fehlanzeige.

Wir lernen daraus: Nicht-Bayern-Fans – also zum Beispiel auch VfB-Anhänger – sind wohl die psychisch stabileren Menschen, denn sie tun sich genau diese Dinge Woche für Woche lustvoll an.

Von diesen Menschen und dieser Lust handelt dieses Buch. Es erzählt zu jedem der 21 Heimspiele (plus zwei Auswärtsspiele) der vergangenen Saison 2004/2005 eine Geschichte. Alle diese Momentaufnahmen entstanden direkt im Anschluss an die Partien und erzählen vom typischen Auf und Ab einer Saison: Der Freude über den Saisonstart im Sommer, die erste Depression im Herbst, das Frieren im Stadion bei Minusgraden, das mehr oder weniger dramatische Ausscheiden aus dem internationalen Wettbewerb im Frühjahr, der Hoffnung auf die Meisterschaft im Schlussspurt, die bittere Enttäuschung derselben. Eine ganz normale Spielzeit eben.

Wir hoffen, das Lesen macht genauso viel Spaß wie uns das Schreiben.

Stuttgart, im Juli 2005

Christine Glenz   Gregor Klein

Ich liebe die Sommerpause

Ich liebe die Sommerpause. Wirklich. Die meisten Menschen hassen sie, können es kaum erwarten, bis die neue Saison losgeht. Wochenenden, an denen der Ball nicht rollt, sind für sie unerträglich. Zwei sinnlose Monate im Jahr, nur aufgelockert durch lauschige Biergärten und vollgedopte Radfahrer, die in sengender Sonne die französischen Alpen überqueren. Diese Geschichte ist oft genug erzählt worden.

Mir geht das nicht so. Für mich ist die Sommerpause eher zu kurz. Denn es ist die Zeit der Vorfreude auf die kommende Saison, die natürlich viel besser als die letzte laufen wird. Ich genieße das richtig. Es ist so wie der Tag vor Weihnachten, nur zwei Monate lang: Neue Spieler, neue Trainer, neue Trikots, neue Systeme, alles neu. Da muss es doch was werden mit der Meisterschaft, der Champions League, dem Aufstieg oder was auch immer. Erst wenn einem etwas fehlt, bemerkt man, wie wichtig es einem wirklich ist. Das gilt auch für Bundesliga-Spielzeiten. Ich erwarte sehnlich das Erscheinen des neuen Saison-Kickers, um sofort alle relevaten Daten in mich aufzunehmen. Man muss ja wissen, wie der Heimatverein von Hasan Salihamidzic heißt (Antwort: Turbina Jablanica). Sowas kann man immer mal brauchen.

Und wie jeder gute Junkie hat man seine Ersatzdrogen parat: Das geht los mit sinnfreien Turnieren wie dem Alpen-Cup, wo die Regionalauswahl „Tirol 2008" gegen die zweite (oder eher dritte) Garnitur des VfB Stuttgart kickt, geht weiter über fußballerische Leckerbissen wie das Blitzturnier „100 Jahre Leverkusen" (sehr schön vor allem die Partie Dynamo Dresden gegen Rot-Weiß Essen) und steigert sich zum ersten internationalen Highlight der Saison – unserem geliebten UI-Cup. Haben es die renommierten Bundesligisten im „Döner-Cup" (Rudi Assauer) dann wieder geschafft, gegen Hammergegner wie den schweizerischen FC Thun (offizielle Fanclubzahl: 2) auszuscheiden, ist alles wieder beim Alten. Tristesse allerorten.

Da hilft nur noch der Rückgriff ins Archiv, in vermutlich bessere Zeiten. Nochmal das Saisonheft von 1985 durchblättern (igitt: Bayern in hellblauen Hosen zu roten Hemden) und die Vier-CD-Box „Die besten Fußballreportagen" durchhören. Wenn alles nicht mehr hilft, muss das Video vom WM-Finale 1990 her. Hey, das sieht ja heutzutage aus wie AH-Fußball. Und damit sind wir Weltmeister geworden! Schon erscheinen die Aussichten auf die neue Saison wieder etwas rosiger.

Und irgendwann ist der große Tag dann doch gekommen: Wir pilgern ins Stadion zum ersten Heimspiel, genießen das tolle Wetter (der nächste Winter kommt bestimmt), freuen uns auf ein Schützenfest gegen den Aufsteiger und fürchten insgeheim, dass das Spiel 1:1 ausgeht. Was dann aber glücklicherweise nicht passiert.

Okay, die neue Saison wird vielleicht doch ganz gut.

GK

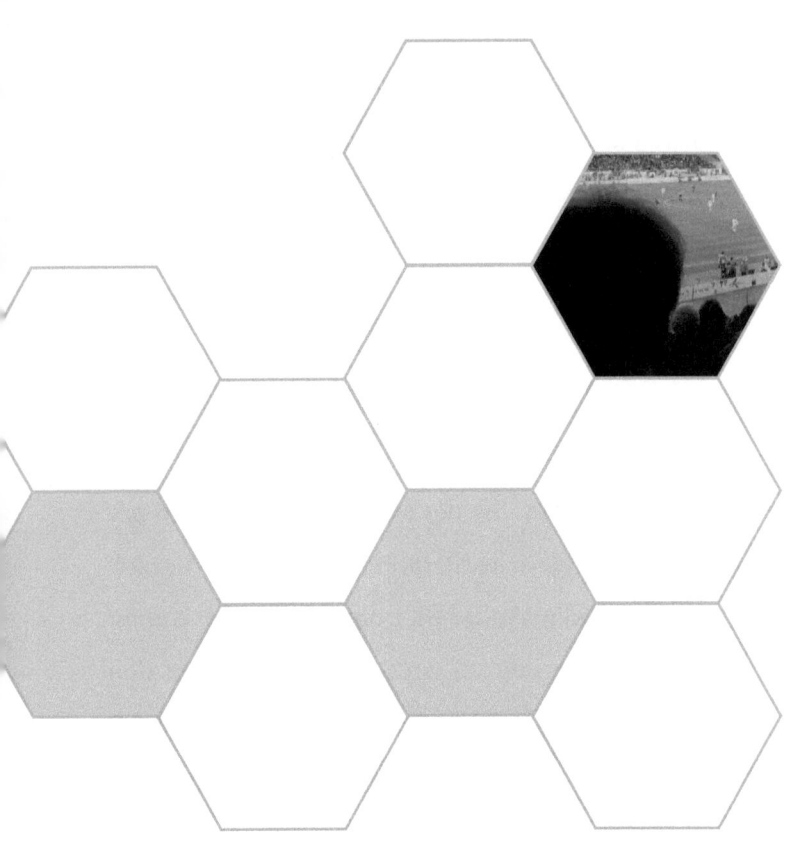

Detlef

Die Massen wuseln einem aufgeschreckten Amei-
senhaufen gleich Richtung Stadion. Wir mitten drin. Ich
fühle mich locker und beschwingt. Gregor unkt, an so
einem Tag, an diesem Datum, könne kein gutes Spiel
stattfinden und zählt die Statistik der letzten drei Jahre
auf. Ich freue mich auf eine Bratwurst.

Wir erklimmen unsere Plätze, Block 16b, zwischen
VIP-Lounge (!) und Fan-Block, doppelt überdacht und
feixen – schon einem Ritual gleich – über die Fans auf
der Gegengeraden, die auch heute wieder in der Sonne brutzeln werden. Kurzer Blick nach links und rechts,
aber für eine Fan-Gemeinschaft unter stolzen Dauer-
kartenbesitzern ist es wohl noch zu früh.

Anpfiff, das Fanherz klopft erwartungsvoll. Das
nächste Spiel ist ja immer das beste.

Fazit zur Halbzeit: eine gute erste halbe Stunde,
Kopfballtor in der 16. Minute durch Meißner und ein

zäher Kampf durch die letzten zehn Minuten bis zur Halbzeit.

Ein Blick in die Runde. Ich beschäftige mich mit Detlef. Detlefs Namen kenne ich, weil er über der Nummer 1 auf seinem Fan-Trikot prangt. Detlef scheint mir ein echter, ein großer Fan. Will mitsingen, mittun, Stimmung machen.

Konstant einen halben Takt hinter dem Fanblock intoniert Detlef alle wichtigen Anfeuergesänge. Textunsicherheiten werden durch rhythmische Handbewegungen wettgemacht. Gut ein halbes Dutzend um das Handgelenk gewickelte Fanschals wirbeln propellergleich durch die Luft, zerzausen seinem Hintermann die Fönfrisur.

Detlef rettet meine erste Halbzeit. Nach der Pause war selbst Detlef langweilig. Das Spiel plätscherte dahin. Harte Zeiten für einen Fan. Gregor spekuliert auf Toppmöllers Abgang nach diesem Spiel. Zu Recht. Unwillen macht sich breit und entlädt sich über dem Schiedsrichter. Der HSV kann die einzige wirkliche Torchance in der zweiten Halbzeit nicht verwerten und auch das 2:0 rettet diesen Samstagnachmittag nicht.

Nach Hause. Fußball-Fans mischen sich mit wartenden Böhse Onkelz Fans. Ich habs ja gewusst.

CG

Der Spielplan ist Schuld

Gastbeitrag von Christian Dück

Ich liebe diesen Verein. Ich hasse diesen Verein. Im Herbst 1998 habe ich das Schwabenland verlassen, um in Leipzig zu studieren – kurz nachdem der VfB gegen den gerade frisch aufgestiegenen 1. FC Köln zu Hause ein grausames 0:0 abgeliefert hatte. Ist eigentlich irgend jemandem außer mir aufgefallen, dass der VfB gegen Aufsteiger grundsätzlich 0:0 spielt oder verliert? Aber das nur am Rande. Jedenfalls kann ich den VfB seither recht selten im Stadion besuchen, zu den wenigen Ausnahmen gehören ein wirres 2:1 gegen Freiburg im DFB-Pokal bei Minusgraden und ein 0:2 zu Hause gegen Nürnberg. Aber eben auch das 2:0 gegen Panathinaikos in der Champions League. Ich hasse diesen Verein. Ich liebe diesen Verein.

Deshalb stehe ich am Abend des 22. September

2004 bei strömendem Regen vor dem Haupttor des putzigen Niederrhein-Stadions zu Oberhausen. Mittlerweile wohne ich in Chemnitz, versuche Journalist zu werden und bin dazu auf eine Fortbildung nach Hagen im Ruhrpott geschickt worden – eine Stadt, in der Getränkemärkte „Durstfabrik" und die Stadtteile Ischeland und Kabel heißen. Aber auch das nur am Rande. In wenigen Minuten tritt der VfB im DFB-Pokal gegen Rot-Weiß Oberhausen an. Mit ein bisschen Glück hätte mein Aufenthalt im Pott auch mit einer Bundesligapartie in Dortmund, Bochum, Schalke, Leverkusen, Mönchengladbach oder meinetwegen Bielefeld zusammenfallen können. Aber nein, der Spielplan war dagegen und so ist es nun Oberhausen, der Letztplatzierte der 2. Liga. Die Gegenspieler heißen Remacle, Izepon und Ouedraogo – es riecht nach Zauberfußball.

An Pommes verschlingenden RWO-Fans in Jeansjacken und mit triefenden Vokuhila-Frisuren vorbei bahnen wir uns den Weg zu unseren Plätzen auf der Gegengeraden. Wir, das sind außer mir Daniel, ein glühender HSV-Fan, der nach eigenem Bekunden fast VfB-Fan geworden wäre, und Steffi, eine Münchnerin und ganz und gar den Bayern zugetan. Beide sind freiwillig mitgekommen. In der Reihe vor uns sitzen Jugendliche aus Ostdeutschland, die blondierte Haare und Ohrringe tragen und auf deren Trainingsjacken Sachen wie „FSV Langenleuba" und „Lok Pirna" stehen. Einer von ihnen murmelt: „Endlich mal eine Spitzenmannschaft wie den VfB sehen...". Ein paar Meter entfernt absolviert Horst Heldt sein Aufwärmprogramm und winkt freundlich in unsere Richtung. Ich liebe diesen Verein.

Weite Strecken der ersten Halbzeit über hasse ich ihn dann wieder. Zehn Minuten lang macht er ordentlich Druck, versiebt zwei Chancen und stellt den Spielbetrieb dann bis auf Weiteres ein. Es regnet immer stärker, Oberhausen spielt, wie Oberhausen nun mal spielt und sondert dabei aus Versehen sogar zwei gefährliche Distanzschüsse ab. Nur die Brezeln, die Daniel in der Pause spendiert, heben ein bisschen die Stimmung.

Zweite Halbzeit, es regnet weiter. Von den Rot-Weiß-Fans ist nichts zu hören, die paar mitgereisten Schwaben skandieren „VfB Stuttgart", jenen Schlachtruf, der sich nur dann gut anhört, wenn das „u" in die vierfache Länge gezogen wird. Jedenfalls scheint er zu wirken: In der 56. Minute sorgt Cacau mit einem humorlosen Abstauber für die Führung, nur zwei Minuten später stolpert sich Hleb gekonnt durch die Abwehr und versenkt zum 2:0. „Routiniert wie eine Spitzenmannschaft...", raunt es anerkennend aus der blondierten Reihe vor uns. Ich nicke begeistert und liebe diesen Verein. Aber nur kurz.

Denn der Rest der Partie plätschert wieder grausam dahin – daran können selbst die Einwechslungen von Salif Keita und Ralf Keidel für Oberhausen nichts ändern. Der VfB bringt sogar Hakan Yakin. Flanken fliegen ins Aus, Grätschen grätschen ins Leere, und Cacau stellt sich ein ums andere Mal ins Abseits. Auch er hat keine Lust mehr: Nach einem erneuten Pfiff in der 86. Minute schnappt er sich den Ball und versucht damit unbemerkt zu verschwinden. Doch er wird gestellt. Nicht vom Schiedsrichter, sondern von Oberhausens Torwart Adler, der wild fuchtelnd und mit Riesenschritten aus seinem Strafraum heraneilt, das Gesicht ganz rot und seine Stimme heiser vor Wut. „Scheiß" schallt es bis auf die Ränge und „gib den Ball her", dazwischen eine akkurat platzierte Anspielung auf Cacaus für den Ruhrpott eher untypische Haut-farbe.

Nach dem Spiel sitze ich mit Daniel und Steffi in einer trockenen Kneipe. Über eine Großbildleinwand flimmern die Höhepunkte des Spiels. Es sind nur drei, doch der VfB wirkt souverän. Daniel und Steffi nicken mitleidig. Ich liebe diesen Verein. Und fahre zurück nach Chemnitz.

Plastikkicker United

Es gibt Mannschaften, die kann ich einfach nicht ausstehen. Bayer Leverkusen gehört dazu, seit ich diesen „Verein" kenne – ein Glück, auf das ich gut hätte verzichten können.

Aber man kann es sich ja nicht aussuchen im Leben. Wenn es überhaupt eine Mannschaft in Deutschland gibt, die geradezu perfekt für einen mit viel Geld aus wenig Tradition hochgezüchteten Retortenklub steht, dann ist es Bayer Leverkusen. Als sie in den Achtzigern den UEFA-Pokal gewannen (Zufall? Bestechung? Beides?), war ich wütend. Instinktiv. Ich weiß nicht mal, warum. Aber mein erster Eindruck hat mich, wie so oft, auch hier nicht getäuscht.

Zu Beginn meiner tiefergehenden Beschäftigung mit den Vorgängen in der Bundesliga, etwa um dieselbe Zeit, war Bayer Leverkusen eine in erster Linie an Langweiligkeit und hässlichen Trikots nur noch von ihrem kleineren Klon Bayer Uerdingen (zum Glück haben wir wenigstens die vom Hals) zu toppender Verein, der fast immer etwas desorientiert im Mittelfeld der Tabelle rumeierte. Einen nervigen Manager hatten sie damals schon, doch dazu später mehr.

Wundersamer Weise entschlossen sich die Bayer-Manager Mitte der 90er, noch etwas mehr Geld in ihre Legionärstruppe zu pumpen und dadurch den Erfolg praktisch zu erkaufen. Der nervige Manager machte sich nun in den immer zahlreicher werdenden Sportsendungen der Republik breit (haha, Wortspiel!) und steigerte meine Aversionen umso mehr. Fast wären unsere geliebten Aspirin-Kicker damals abgestiegen – meiner Meinung nach hätte man sie schon wegen ihrer über Jahrzehnte chemiehaltigen Trikotwerbung ausschließen sollen –, doch statt dessen traf es die Lauterer, die ich zwar auch nicht sehr mochte, aber so schlimm wie Leverkusen waren sie noch lange nicht. Anschließend weinte Andy Brehme an Rudi Völlers Schulter und das wahre Grauen begann: Immer mehr importierte Brasilianer-Kicker (Quizfrage: Kennen Sie einen einzigen Spieler, der aus Leverkusens Jugendarbeit hervorging?), Daums Motivation per glühender Kohle und so weiter. Der unbedarfte Zuschauer mochte schon meinen, das wäre ein ganz normaler Verein.

Doch ich wusste es besser.

Dann endlich sollte meine Qual Erlösung finden: Diverse filigran verspielte Meisterschaften, Pokalsiege und Champions League-Finals kompensierten meine jahrelang aufgestaute Antipathie. Die Welt ist eben doch gerecht.

Übrigens: Zumindest unter dramaturgischen Gesichtspunkten (Unterhaching! Nürnberg! Glasgow!) hatte das Bayer-Losertum dieser Phase wirklich Potenzial.

Heute ist Bayer Leverkusen um den nervigen Manager erleichtert (haha, nochmal Wortspiel! Das kann ganz schön nerven, was?), spielt in einer angeblich hypermodernen 22.500-Leute-Schuhschachtel und protzt mit einem ständig ausverkauftem Haus. Meine Theorie ist ja, dass sie absichtlich so klein gebaut haben, weil eh nicht mehr Leute kommen würden.

Wie kann man Fan von Leverkusen sein?

Aber vielleicht liegt es ja auch an mir.

GK

Farbenblind

Wie kommen eigentlich Fußballvereine zu ihren Fanfarben? Haben Spieler oder Sponsoren Einfluss auf die Trikotfarben? Welche geheimen Traditionen müssen dabei berücksichtigt werden? Diese Fragen muss man sich spätestens stellen, wenn Ujpest Budapest in lila das Spielfeld betritt. Was will uns der Verein damit sagen?

Nein, ganz im Ernst, das bietet noch nicht einmal die Kicker-Sonderausgabe mit den Wasserfarben für den Hardcore-Fan. Lila erinnert mich an bunte Liga und Clubs des Formats Ü30 Die Rotsocken. Die treffen sich jeden Sonntag zum „bolzen" oder „kicken" und Frauen in lila Latzhosen mit ihren Kindern in handgewebten Tragetüchern trinken Brennnesseltee am Spielfeldrand.

Dagegen scheinen die Vereinsfarben rot-weiß allgemeiner Konsens zu sein. Vielleicht hängt das mit dem länderübergreifenden Supranational-Gericht Pommes rot-weiß zusammen. Knapp auf dem zweiten Platz landet die Kombination blau-weiß ergänzt mit schwarz. Ein kurzer Blick auf die Tabelle zeigt, dass die rot-weissen Klubs in der oberen Hälfte besser vertreten sind, als die blau-weißen. Für alle Statistiker der Öffentlich-Rechtlichen wäre das doch einmal eine dankbare Auswertung ...

Durchbrochen wird die rot-weiß, blau-weiß, grün-weiß Konsens-Farbenpracht von einem Verein wie Bremen, der trotz traditioneller Grün-Weiß-Kombi zu Auswärtsspielen in einer mutigen Grün-Orange-Version aufspielt. Die fürchten sich aber auch vor gar nichts. Im Kabinett des Grauens, Vereine mit den absurdesten Trikot-Farben, darf auch Borussia Dortmund nicht fehlen. Wer bitte hat diesem meinem zugegebener Maßen ehemalig bevorzugten Verein Neongelb verschrieben? Tigerentenclub ist da noch eine der netteren Bezeichnungen. Oder leuchten die Trikots den Weg aus der Krise?

Zum FC St. Pauli fällt mir ehrlich gesagt gar nichts mehr ein. Braun? Ohne Worte. Auch von sogenannten Schmuckfarben wie Gold würde ich dringend abraten. Ganz abgesehen davon, dass Statistiken nahelegen, dass mit Gold keine Meisterschaft zu gewinnen ist. Das sagen zwar nicht die Zahlenherren der Öffentlich-Rechtlichen Sender, sondern eine kleine Privatevaluation, aber dennoch.

Der Fanshop meines Vertrauens bot in einer Wühlkiste reduzierte Ujpest-Schals an – Der Versuchung konnte ich locker widerstehen...

CG

Wenn wir wollen, kaufen wir euch auf

Ich gehöre zu den wenigen, die sich erinnern. Ich habe es nicht vergessen. Ich weiß es noch genau. Relegation 1986: Marcel Raducanu rettet mit seinem Tor Borussia Dortmund den Klassenerhalt gegen den FC Homburg (der sich dann später trotzdem noch in die Bundesliga verirrte). Damals war Dortmund eine traditionsreiche, aber unterdurchschnittliche Mannschaft, deren Erfolge schon Jahrzehnte zurücklagen. Dortmund war langweilig, Dortmund war Durchschnitt, Dortmund war der VfL Wolfsburg der 80er. Hätte den Jungs damals einer gesagt, dass sie zehn Jahre später die Champions League gewinnen sollten (die damals noch Europapokal der Landesmeister hieß), sie hätten ihn ausgelacht. Im gleichen Jahr trat ein gewisser Dr. Niebaum sein Amt als Präsident dieses liebenswerten Ruhrpott-Clubs an.

18 Jahre später. Gegenwart. Dortmund hat die

Champions League gewonnen, Dortmund war dreimal Meister, Dortmund hat das größte Stadion Deutschlands, Dortmund hat die höchsten Verbindlichkeiten der Bundesliga (118.000.000 Euro), Dortmund hat den höchsten Verlust der letzten Saison (67.000.000 Euro). Die Jahre vor dem Kirch-Crash waren Money Time im sonst eher wirtschaftlich schwachen Dortmund. Die Arbeiter-Attitüde von einst ist heute nur noch Schau – „Rote Erde" heißen heute nur noch die Logen im Stadion. Rekordtransfers reihenweise sollten die Vorherrschaft der Bayern aus München endlich brechen. Borussia Dortmund ging als erster deutscher Klub an die Börse, und wohl nicht zufällig erging es ihnen ähnlich wie so vielen anderen Highflyern dort. Heute sind die BVB-Aktien ungefähr soviel wert wie meine Panini-Bildersammlung von 1986.

Nun sind nur noch die Überbleibsel der Boomphase vorhanden: Die Spieler, für die man keinen solventen Abnehmer fand. So kommt es, dass sich ein Rosicky in einer Mannschaft mit eher beschränkten Spielern wie Demel, Jensen und Oliseh über den Rasen quälen muss. Bei Dortmund werden selbst die eher schwachen

Mannschaftsteile von überteuerten, aber augenscheinlich unterqualifizierten Ausländern, die zum Großteil nicht mal Nationalspieler sind, besetzt. In der Regel ein untrügliches Zeichen für eine Mannschaft auf dem absteigenden Ast.

So kommen sie mitten in der Krise nach Stuttgart und spielen gegen ihren Ex-Trainer aus besseren Zeiten. Schnell ist klar: Die Mannschaft, die den ersten Fehler macht, verliert. Das Spiel hat alles, was ein Spitzenspiel braucht: Viel Taktieren, rustikale Fouls, einige Schiedsrichter-Fehlentscheidungen, spektakuläre Torszenen und ein nettes Handgemenge. Am Ende siegt der VfB mit 2:0 und die Fans wedeln singend mit ihren Geldscheinen: „Wenn wir wollen, kaufen wir euch auf".

Am nächsten Tag tritt Dr. Niebaum zurück.

GK

Das Schwiegermutter-Problem

Weibliche Fußballfans haben es nicht einfach. Ohne weiteres Zutun und schlimmer noch, ohne dass man etwas DAGEGEN tun könnte, werden verschiedenste Klischees aufgefächert wie ein gutes Blatt beim Skat. Dass man dabei die Wahl zwischen mehreren Schubladen, in die man unweigerlich gesteckt werden wird, hat, macht die Sache keineswegs besser.

Als weiblicher Fußballfan kann ich mir dann aussuchen, ob ich in die Kategorie „Frau ist gar keine Frau, sondern fällt unter den Begriff Mannweib" oder „Frau geht nur ihrem Freund zuliebe mit ins Stadion/die Fußballkneipe" oder, und das ist eindeutig mein Lieblingsklischee, „Frau interessiert sich gar nicht fürs Spiel, sondern für Kevin Kuranyi" fallen möchte.

Gerne erinnere ich mich dabei an unsere Saisonbegleiter und Lieblingsnebensitzer im Stadion, die, als ich bei einem Heimspiel verhindert war, die Gelegenheit nutzten, Gregor mal eben vertraulich zu fragen: „Du, kommt dia wega dir, oder wegem Fuaßball?"

Ich hoffe, ich konnte sie mit Sachverstand und hartnäckigem Stadionbesuch auch bei Minusgraden überzeugen. Zugegebenermaßen wird dieses Klischee jedoch zu WM- und EM-Zeiten gerne bedient. Man trifft diese „Fan"-Spezies dann beispielsweise im Ackermanns, der offiziellen VfB-Fankneipe in Stuttgart. Immer kurz vor Anpfiff im Schlepptau des aufgeregten Freundes in die aufgeheizten, verrauchten Räumlichkeiten gezerrt, verwundert darüber, dass die Kneipe gerammelt voll ist und man ja gar nichts sehen kann. Diese Mädchen sind dann entsprechend schlecht gelaunt und ziehen über die gesamte Spielzeit einen Flunsch, während sie sich an einer Cola light festhalten.

Unter anderem zu den Zeiten der Großereignisse und des nationalen Fußballrausches, ist mir das dritte Klischee das allerliebste. Da sitzen dann die selbst ernannten Experten, die besseren Reporter, Nationaltrainer, – am besten beides gleichzeitig – und tun so, als ob man qua Geschlecht nicht mitreden könnte. Ich liebe diese Gespräche. Lasse meinen Gegner kommen und locke ihn mit sanfter Ironie aus der Reserve. Die verbale Abseitsfalle, wenn man dann mit geballtem Sachverstand den Möchte-Poschmanns und Gerne-Reifs kontert, schnappt garantiert zu. Nichts einfacher als das. Die wahren Kämpfe, die wirklich harten Gefechte werden an anderer Stelle ausgetragen.

Wie erklärt man Außenstehenden, einem persönlich nicht unwichtigen Nicht-Fußballfan, dass man jetzt leider nicht weiter gemütlich Kaffee trinken und plauschen kann, sondern leider dringend ins Stadion muss? Und zwar rechtzeitig, weil man den Fanschal noch zu Hause liegen hat, den meditativen Gang von der S-Bahn ins Stadion nicht verpassen und vorher noch rituell eine Wurst und Bier kaufen will.

Wie um alles in der Welt erkläre ich das der Mutter meines Lebensabschnittsgefährten, der sich selbst nicht wirklich intensiv mit Fußball beschäftigt? Ehrlich, ich weiß es nicht. Fußballsachverstand ist da eher fehl am Platz. Die Klischees, die hier wirken, sind viel subtiler.

CG

Devotionalien

Es gibt zwei Kategorien von Fußballfans. Zumindest, was die Aufbewahrungsmethodik des Tickets angeht. Die Einen müssen ihr Ticket ständig bei sich tragen. Erstens, weil sie sich ansonsten körperlich unwohl fühlen, wenn der wichtigste Beleg ihres Fan-Daseins nicht immer in fühlbarer Nähe ist; zweitens, um es bei jeder passenden und unpassenden Gelegenheit vorzeigen zu können. Die Anderen bewahren es an einem festen Platz zu Hause auf. Klemmen es hinter den Spiegel, pinnen es an die Wand oder was weiß ich. Erstens, weil es an die Platzierung auf der Kicker-Stecktabelle erinnert. An glorreiche Tage und gelungene Wochenenden, wenn das Pappkärtchen links oben irgendwo zu finden ist, allerdings auch an Zeiten, wenn einen das Fan-Dasein nach der dritten Klatsche in Folge wirklich hart ankommt. Es gibt aber auch hier ein Zweitens, was beide Kategorien wieder miteinander verbindet: Aufbewahrung des Tickets zu Hause, an Orten, die heiligen Schreinen gleichen, um es Gästen bei jeder passenden und unpassenden Gelegenheit vorzeigen zu können. Ich gebe zu, ich gehöre zu Kategorie eins.

Allerdings vor allem aus pragmatischen Gründen. Nicht auszudenken, ich stünde kurz vor Spielbeginn am Stadion und hätte mein Ticket an der Devotionalienwand zu Hause vergessen. Genau das ist mir allerdings vor diesem denkwürdigen (ausverkauft!) zweiten UEFA-Cup-Spiel passiert. – Dachte ich jedenfalls.

Hektische Suchaktionen bis hin zum wiederholten Durchwühlen des Altpapiers. Konnte das wirklich passiert sein? Selbstanklage (ich bin ein schlechter Fan und einer Dauerkarte nicht würdig) und Aufbegehren gegen die Ungerechtigkeit der Welt (warum muss so was immer mir passieren?) wechseln sich ab.

Ich verdächtige die Putzfrauen im Büro, Gäste in meiner Wohnung und konstruiere abstruse Gedankenspiele. Ich sehe im Geiste ein fantastisches – ja das beste Spiel seit mindestens der ersten UEFA-Cup-Teilnahme des VfB überhaupt – ohne mich stattfinden. Ich bin am Boden zerstört.

Die Karte fand sich, wo sie immer war, und für Fans der Kategorie eins auch zu sein hat. In meiner Geldbörse, nahe am Körper, immer dabei, damit man sie eben zum Spiel nicht vergessen kann.

Es ist 18:45, ich erklimme die Treppe zu unseren Plätzen, die Atmosphäre nimmt mich gefangen. Zwei Minuten später fällt das erste Tor. Es hat sich gelohnt.

CG

Wie man Meister wird (vielleicht)

Es ist Anfang November. Es ist lausig kalt an diesem Sonntagabend. Zum ersten Mal gibt es Glühwein am Würstchenstand. Mit Sehnsucht denke ich an das erste Heimspiel gegen Mainz im August (28 Grad) zurück. Da saßen wir mit Sonnenbrille auf der Tribüne.

In Norwegen und Schweden ist die Saison gerade vorbei, wie ich gelesen habe. Die spielen nämlich nach Kalenderjahren und pausieren im Winter. Das wäre doch auch eine Option für uns. Ich meine, mal im Ernst: Wenn man die Wahl zwischen Fußball im Juli oder im Dezember hat, da ist die Entscheidung doch ziemlich einfach, oder?

Zum emotionalen Aufwärmen rekapituliere ich ein paar altbekannte, aber meist treffende Fußballweisheiten: Mit 40 Punkten steigt man nicht ab. Mit 60 Punkten steigt man aus der 2. Liga auf. Meister wird man nicht mit Siegen im oberen Tabellendrittel, sondern durch konstantes Punkten im Rest der Tabelle. Und so weiter.

Heute wird gegen die Nummer 1 gespielt. Die Nummer 1 von unten. Hansa Rostock ist Tabellenletzter und gerade dabei, Tasmania Berlin den Heimspiele-in-Folge-verloren-Rekord abzunehmen. Und nun kommen sie nach Stuttgart, direkt im Sog der 3:0-Klatsche für Benfica am Donnerstag. Das sieht nicht gut aus für die Jungs aus Meck-Pomm.

Um es vorwegzunehmen: Das Spiel endet 4:0. Das mag wie eine Vorführung klingen, ist es aber nicht. Zwei Tore fallen nach Freistößen, eines nach einem haarsträubenden Fehl-Rückpass eines Rostocker Verteidigers, eines durch Foulelfmeter. Spielerisch ist die Sache eher das nackte Grauen: Der VfB veranstaltet ein Fehlpass- und Fehlstopp-Festival, und Hansa mauert sich selbst bei 0:2-Rückstand noch im eigenen Strafraum ein. Auch eine Taktik.

Dazu verschießt Rostock kurz vor der Pause noch kläglichst einen Elfmeter, und zwar geradezu sinnbildlich für das derzeitige Selbstbewusstsein der Mannschaft: Kurzer Anlauf, dann mit circa 3 km/h hoppelnd am linken Pfosten vorbei geschoben. Ein durchschnittlicher E-Jugendlicher kriegt mehr Dampf hinter den Ball.

Ich überlege mir, was den Rostocker Fans bei dieser Szene wohl durch den Kopf geht. 800 Kilometer Anfahrt für so ein Spiel? Da hätte man ja fast schon Verständnis, wenn einige Leute durchdrehen würden.

Eine nicht ganz neue Weisheit scheint sich zu bestätigen: Schlecht spielen und trotzdem klar gewinnen. So wird man Meister.

Vielleicht.

GK

Members of Mayday

Die Novembertage sind kalt und grau. Die Mannschaft hat ihren ersten größeren Durchhänger. Schleichend breitet sich Missstimmung aus unter den Fans. Das Mittelfeld wirkt uninspiriert - Hleb ist wohl doch kein Spielmacher, sondern eher ein netter Dribbler für die Außenbahn, was aber viele Menschen nicht einsehen wollen. Die Verletzungen häufen sich, langsam geht die Truppe auf dem Zahnfleisch. Doch es ist noch lange hin bis Weihnachten.

Letzte Woche ging ein so genanntes Sechs-Punkte-Spiel beim Noch-Mitkonkurrenten VfL Wolfsburg (aber keine Angst, die stürzen auch noch ab im Laufe der Saison!) recht blamabel 0:3 verloren, davor gab es im Pokal bei den geliebten Bayern aus München ebenfalls eine Klatsche. Die Mini-Krise ist da. Heute müssen Punkte her - sonst ist es keine Mini-Krise mehr.

In so einer Situation muss man Flagge zeigen. Ich

persönlich habe lange gebraucht, um meinen Frieden mit dem VfB zu machen. Von klein auf war ich immer für die Underdogs:

Als Junge die Stuttgarter Kickers, später dann mit wachsender Reflektionsfähigkeit St. Pauli.

Obwohl heute ganz andere Spieler und Trainer das Geschehen bestimmen, ist doch der Stil eines Klubs über Jahrzehnte ähnlich: Schon früher hatte der VfB eine technisch beschlagene Mannschaft, die die Zuschauer an guten Tagen begeistern konnte, aber an Härte und Killerinstinkt – die man nun mal braucht, um dauerhaft Erfolg zu haben – mangelte es diesen Mannschaften oft. Ich denke, es ist kein Zufall, dass der VfB die Meisterschaften 1984 und 1992 nicht zuletzt durch die Unfähigkeit direkter Konkurrenten errang.

Spielertypen wie Sigurvinsson, Balakov und Hleb haben Tradition in Stuttgart. Defensivspieler dagegen bleiben nur in positiver Erinnerung, wenn sie die Klasse eines Guido Buchwald erreichen können. Ansonsten scheint man sie eher als eine Art notwendiges Übel zu betrachten. Aber ich persönlich sehe lieber zehn knallharte Zweikämpfe als zehn Tore. Das mag eine Exotenmeinung sein, ist aber so.

Aber mittlerweile haben wir ganz gut zueinander gefunden: Die Mannschaft hat eine gefällige Mischung aus spielerischer Brillianz und kämperischem Einsatz gefunden, auch wenn sie gerade ein wenig durchhängt. Dazu gibt es einen Präsidenten, der als einer der wenigen Amtsträger in der Bundesliga auch unfallfrei über Marketing und Controlling sprechen kann, und einen Trainer, der nicht mehr der nervige Motzki aus Dortmunder Zeiten ist, sondern angenehm unaufgeregt seinen Weg geht – und hier auch noch Großes vorhat, da bin ich mir sicher.

So haben Christine und ich also diese Woche unsere Mitgliedsanträge ausgefüllt und gehören irgendwo zwischen 22.500 und 22.800 zur Familie. Wie gesagt, man muss Flagge zeigen.

Das Spiel endet nach langem Gladbacher Mauern und einem glücklichen Kontertor 1:0. Damit kann man erstmal wieder durchatmen. Doch die Stimmung unter den Fans ist kritisch: Wieder wenig spielerische Klasse, wieder viel Durchschnitt.

Es bleibt spannend.

GK

Wunder gibt es immer wieder

Als Fan erlebt man Wunder bei jedem Spiel. Ganz ehrlich! Wundersame Schiri-Entscheidungen, Experten-kommentare und Pässe ins Nirvana genauso wie wun-dervolle Tore, Dribblings und taktische Spielzüge. Aber ich wollte auf etwas ganz anderes hinaus. Ich jedenfalls frage mich jedes Mal, welche wunderlichen Heilungs-prozesse zwischen mehr oder minder eleganten Stür-zen eines Spielers und dessen neuerlicher Auferstehung liegen. Ohne Namen nennen zu wollen gibt es wahre Meister dieses immer gleichen Prozesses.

Der Zeitpunkt der unerklärlichen Wunderheilung und Blitzgesundung lässt sich nämlich ganz genau vor-hersagen. Das ist allerdings kein Wunder und hat rein gar nichts mit medialen oder gar übersinnlichen Kräf-ten zu tun. Untrügliches Zeichen für die bevorstehende Komplett-Genesung und erneute Spielbereitschaft ist das Anrücken der Tragbahre.

Die Sanitäter verfolgen also in ständiger, sprungbereiter Warteposition das Spiel. Ein Spieler wälzt sich auf dem Boden, er ist das Leiden Christi. Was zunächst entweder wutentbrannt (Spieler der eigenen Mannschaft) oder eher belustigt (Schwalbenkönig in der anderen Mannschaft) verfolgt wird, schwenkt alsbald doch in Besorgnis um. Dann nämlich, wenn das Ganze zu lange dauert. Dann rückt die Trage an. Einsatz Sanitäter. Aktionistisches Aufspringen, Herausschälen aus der wärmenden Decke. Die Sanitäter sprinten mit der Trage über das Spielfeld und haben gerade die Hälfte des Weges bis zu ihrem Ziel geschafft, da wiederholt sich vor ihren und unseren Augen das Wunder der Auferstehung. Der sich eben noch unter furchtbaren Schmerzen auf dem Boden windende Spieler erhebt sich und ist nach wenigen humpelnden Schritten und ein, zwei Hüpfern über den Rasen wieder vollwertiges Mitglied der Mannschaft.

Das muss doch Frust pur sein. Entschädigt der Platz quasi direkt auf dem Spielfeld dafür, sich pro Spiel diverse Male zum Affen machen zu müssen? Was würde passieren, wenn die Sanitäter das Geschehen auf dem

Spielfeld einfach mal ignorieren würden, frage ich mich. Ich denke, der Fußball würde weiterhin den Beweis für die Existenz von Fernheilungskräften liefern. Gerne würde ich in diesem Zusammenhang die Wirkung von Eisspray überprüfen. Auch dieses magische Allheilmittel muss wahre Wunder wirken und lässt scheinbar zertrümmerte Knochen wieder zusammenwachsen und unerträgliche Schmerzen einfach verschwinden. Etwas Kühlung aufgesprüht und es kann weitergehen.

Ob die kalte Dusche, erzeugt durch den fulminanten Endstand bei Bochum ähnliche Wirkung hat, sei mal dahingestellt. In jedem Fall haben die Bochumer heute ihr blaues Wunder erlebt.

CG

Feuerwerk im Kühlschrank

Was bringt einen vernunftbegabten Menschen dazu, sich Mitte Dezember bei -5 °C mit 41.000 anderen Verrückten ein Fußballspiel anzusehen? Der Grund ist vermutlich irgendwo zwischen Besessenheit und Wahnsinn zu suchen, genau konnte ich ihn noch nicht lokalisieren. Aber wir arbeiten dran.

Die Witterung hat Folgen: Horst und Markus, unsere Nebensitzer, haben lustige Wintermützen auf dem Kopf und sogar eine warme Decke mitgebracht, die allerdings nicht für beide reicht. Daraufhin werden von den Umstehenden erstmal gutgemeinte Frotzeleien zum Besten gegeben („Und was macht ihr, wenn es richtig kalt wird?"), doch spätestens als Schoko-Nikoläuse in den Sitzreihen gesehen werden, weiß man: Heute ist alles ein bißchen anders als sonst. Der Weihnachts-Wahnsinn hat sich auch ins Stadion eingeschlichen. Immerhin können hier aus baulichen Gründen keine Armeen von Kinderwagen inkl. anhängender Mütter den Weg versperren wie auf dem Weihnachtsmarkt. Aber das ist ein anderes Thema.

Das Spiel an sich ist auch wenig erwärmend: Beim letzten Auftritt des Jahres geht es zwar immerhin um das Weiterkommen im UEFA-Cup, nach dem Führungstor verflacht die ganze Veranstaltung aber zusehends. Dafür brennt in der Untertürkheimer Kurve die Luft, wo die Anhänger von Dinamo Zagreb fleißig bengalische Feuer produzieren, was die Sicherheitskräfte allerdings nur für beschränkt unterhaltsam befinden.

In der Halbzeitpause gibt es nicht wie sonst Bier und Rote, sondern Kaffee, denn der ist immerhin warm. Haben wir neulich noch Witze gemacht über einige gesetzte Herrschaften, die immer mit einem Becher Kaffee in der Hand ihre Plätze einnehmen, so sind wir nun selber mittendrin im offiziellen VfB-Fanclub „Cappuccino mit Milch". Aber außergewöhnliche Umstände rechtfertigen ja bekanntlich außergewöhnliche Maßnahmen.

Direkt nach der Pause fällt – für erfahrene Zuschauer nicht unerwartet – der Ausgleichstreffer für die

Gäste, was wiederum einen größeren pyrotechnischen Ausstoß zu unserer Rechten erzeugt. Nach kleiner Unterbrechung kann das Spiel dann aber geordnet zu Ende gebracht werden, Fernando Meira versenkt zum 2:1 und bringt den Verein damit in die nächste Runde.

A propos Pyrotechnik: Als wir gerade den Block verlassen, beginnt das Feuerwerk zum Hinrunden-Abschluss am Cannstatter Nachthimmel. Dazu hören wir das Weihnachtsoratorium von Bach aus den gleichen Lautsprechern, die sonst das unerträgliche „VfB I steh zu dir" und ähnliche kulturelle Höchstleistungen verbreiten. Irgendwie ein irritierendes Gefühl.

Aber das ist an Weihnachten ja öfter so.

GK

29.01.2005
VfB Stuttgart – 1. FC Nürnberg

Transzendentales Warten

Fußball und Stadionbesuch im Besonderen verbinde ich oft mit einer Art transzendentalem Zustand zwischen Hoffen und Bangen. Vielleicht muss ich das erklären. Es fängt bei der Durchsage der Aufstellung an - wird XY heute wieder spielen?, geht über den Zwischenstand zur Halbzeit (das sagt ja wohl alles oder aktuell zum Spiel: kann man einen 2:0-Rückstand wieder aufholen?) und ist – ebenfalls einleuchtend am aktuellen Spiel erklärbar – oft spannender als die tatsächliche (bodenlos enttäuschende, unwiederbringlich geschehene) Auflösung.

So auch im Falle Timo Hildebrand. Seine Vertragsverlängerung oder Nicht-Verlängerung ist ja ein viel diskutiertes Thema. Vielleicht geht es einigen von euch auch schon auf die Nerven. Um es gleich vorweg zu nehmen: Ich bin kein Timo Hildebrand-Fan, aber das ist ein anderes Thema.

Einige Tage vor dem Spiel mehrten sich jedoch die Anzeichen, dass vielleicht doch noch nicht alles entschieden sei.

Kein Verein meldete Interesse an unserer Nummer Eins, der VfB-Präsident öffnete verbal alle Türen, Matthias Sammer bekundete Verständnis und selbst Mannschaftskollegen äußerten sich ungefragt nach dem Spiel gegen Mainz zur Thematik.

Aha. Wir befanden uns also mitten in oben beschriebenen Zustand zwischen Hoffen und Bangen, fühlten uns transzendental und genossen sozusagen den schwebenden Vertrag. Spekulationen über einbrechende Zuschauerzahlen beim Verlust der weiblichen Zielgruppe zwischen 14 und 20 Jahren im Zuge des Wechsels von Timo Hildebrand sowie über sinkende Merchandising-Erlöse machten die Runde. Dann, ein Interview mit Erwin Staudt direkt vor dem Spiel, das macht er doch sonst nie, passt das nicht zu den Kommentaren nach dem letzten Spiel? Wird hier die Rückkehr des Schlussmanns vorbereitet? Klar, der beste Zeitpunkt zur Verkündigung des Unglaublichen ist der Einlauf der Mannschaft.

Hoffen und Bangen und die bodenlos enttäuschende unwiederbringlich geschehene Auflösung bei Anpfiff. Keine Vertragsverlängerung.

Am 03.02.2005 wurde gerüchteweise bekannt, dass Timo Hildebrand seinen Vertrag mit dem Berater Bukovac aufgelöst und die Verhandlungen wieder aufgenommen hätte.

Vielleicht verkünden sie es vor dem nächsten Spiel?

CG

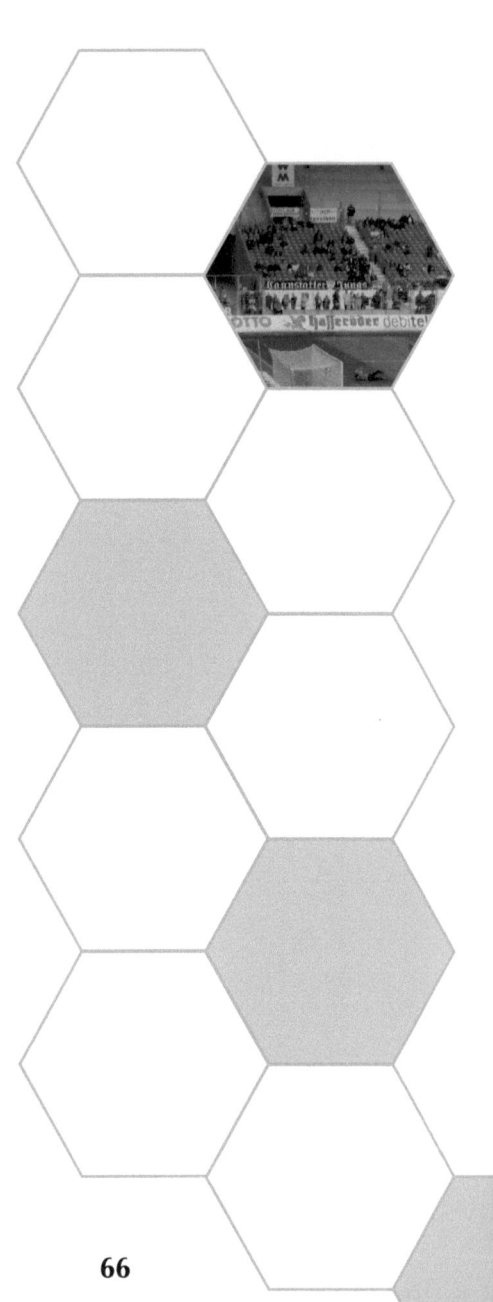

Der geilste Knackarsch der Liga

In der Halbzeitpause erfreut uns die „Stadion-Show" (allein dieser Name gehört eigentlich verboten) immer mit den Clip-Kandidaten zum „Fan des Tages", einem munteren Potpourri aus ebenso angetrunkenen wie euphorischen Anhängern, noch nie gehörten Dialekten und wohl dosierter Gegnerbeleidigung.

Heute, am Timo-Hildebrand-verlängert-doch-nach-anderthalbjährigem-Verhandlungsmarathon-Ver-kündigungstag, drehen sich natürlich alle Statements erwartungsgemäß um unseren Torwart. Die Tagessiegerinnen (wer wählt das eigentlich aus?) waren diesmal vier etwa 12- bis 14-jährige Mädchen, die begeistert von der Leinwand kreischten: „Wir wollen, dass Timo Hildebrand verlängert, damit der geilste Knackarsch der Liga hierbleibt".

Interessant. Offensichtlich gibt es neben dem Vorsatz, gepflegten Fußball zu sehen, noch andere Motivationen, um ins Stadion zu gehen, speziell in der Zielgruppe, die gerade mit ihren Hormonen orientierungslos zwischen Grundschule und Tanzkurs schwebt.

Jetzt wissen wir auch, wer immer die Torwarttrikots im Fanshop wegkauft. Nachdem ich mich kurz gefragt hatte, woher die Mädels das mit dem Knackarsch denn so genau wissen wollen (man kann die Spielkleidung von Herrn Hildebrand ja nun wahrlich nicht als hauteng anliegend bezeichnen, speziell im Gesäßbereich), schob ich diesen Gedanken wieder zur Seite und widmete mich den rein sportlichen Dingen.

Irgendwann in jeder Saison kommt der Spieltag, an dem der spätere Meister sich entscheidend von der Konkurrenz absetzen kann. Heute könnte wieder so ein Spieltag gewesen sein: Während die Verfolger Schalke und Stuttgart nur jeweils einen Punkt aus zwei Spielen (im Fall VfB sogar zwei – vermeintlich – leichte Heimspiele) holen, setzen sich die Bayern mit sechs Punkten vorne ab.

Noch liegen 14 Spieltage vor uns, aber einfacher wird es dadurch nicht, zumal fast alle nachfolgenden Teams punkten konnten.

Die Stimmung unter den Zuschauern passt dazu: Obwohl man Dritter ist, wächst die Zahl der Unzufriedenen. Wenig funktioniert derzeit im Spielaufbau und auch der Rasen im Gottlieb-Daimler-Stadion trägt nicht gerade zu sportlicher Brillanz bei, da seiner Konsistenz mit dem Wort „Rübenacker" noch geschmeichelt wäre. Obwohl es 1:1 steht und Schalke in Rostock zurückliegt, verlassen viele das Stadion bereits weit vor Abpfiff. Da komme ich nicht mehr mit. Was erwarten die Leute eigentlich? In jedem Spiel ein 5:0 zur Halbzeit? Vielleicht war das mit der Champions League doch keine so gute Sache. Was nutzen einem 16.000 Dauerkarten und 27.000 Mitglieder, wenn die Hälfte davon erfolgsverblendete Opportunisten sind, die nach einem einzigen Fehlpass tobend auf den Sitzen stehen?

Andererseits: Herr Hildebrand kündigte auf der Pressekonferenz zur Vertragsunterschrift an, er wolle mit dem VfB in den kommenden zwei Jahren Meister werden. Wenn's hilft, ertrage ich dafür gerne auch die Knackarsch-Fans.

GK

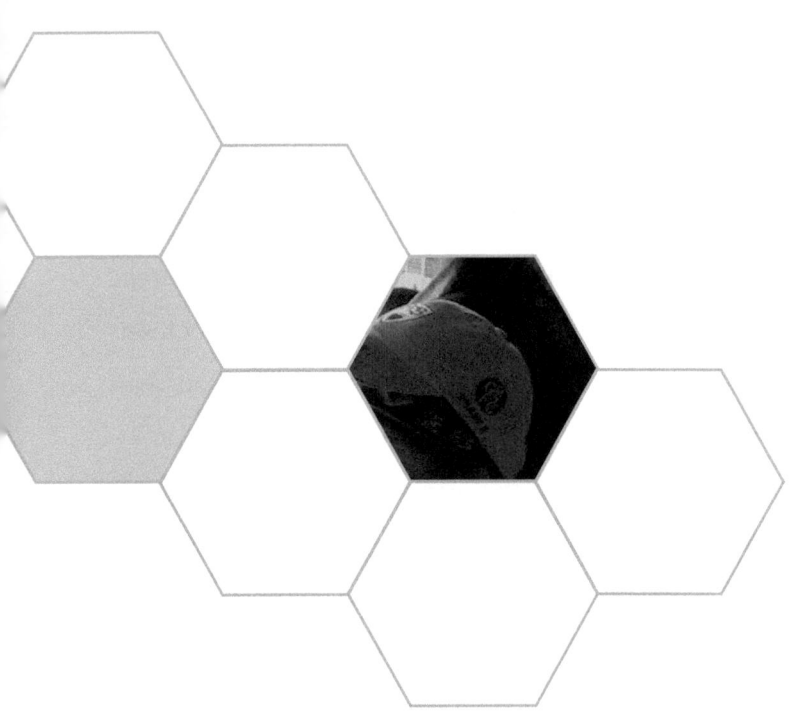

Aberglaube

Gregor besitzt zwei Baseballmützen. Die Cord-Mütze mit dem aufgestickten VfB-Logo aus der Kollektion 2004/05 erstanden wir gemeinsam im Fanshop. Die zweite Mütze hatte erst nach der Winterpause ihren ersten Einsatz und ist die offizielle FIFA-WM-Logo Mütze. Abgesehen davon, dass ich finde, dass erstere besser aussieht, hat die WM-Mütze bisher nur Pech gebracht und ihre Primäraufgabe als Glücksbringer für die Heimspiele nicht erfüllt. Das muss man einfach mal so deutlich sagen.

Wir gewinnen zu Hause nicht mehr. Die Stimmung im Stadion ist bedrohlich nahe daran zu kippen. Erste „Schön-Wetter-Fans" kommen erst gar nicht mehr zum Spiel. Andere, Anwesende, stehen schon bei der ersten kritischen Entscheidung auf den Sitzen und brüllen „Schiebung", was sonst frühestens in der zweiten Halbzeit der Fall ist.

Wir greifen zu anderen Mitteln. Auch wir haben unsere Methoden.

Seit Beginn der Saison versuchen wir auf unsere eigene Weise und ohne Kontakte zur kroatischen Wettmafia den Verlauf eines Spiels - ja, den Verlauf der Saison! - zu Gunsten des VfB zu beeinflussen.

Wir versuchen Gesetzmäßigkeiten festzumachen, Rhythmen zu erkennen und Wenn-Dann-Konstellationen zu analysieren. Erfolgsversprechende Rituale sowie für einen Sieg nicht nur notwendige, sondern auch hinreichende, Devotionalien behalten wir deshalb sklavisch bei. Wir haben sie noch nicht, die ultimative Gleichung für den sicheren Heimspielsieg. Wir nähern ihr uns mit der Trial-and-Error-Methode und arbeiten mit dem Ausschlussverfahren:

1. Auch ohne Dinkelacker Sport und Wurst vor dem Spiel kann der VfB gewinnen

2. Das Tragen der Fan-Schals hat für den Ausgang des Spiels keine Bedeutung

3. Ebenso wenig die VfB-Wollmütze

4. Kaffee in der Pause ist zumindest in den Wintermonaten erlaubt

5. Meine Abwesenheit beeinflusst nicht den Ausgang des Spiels (die bitterste Erkenntnis, zugegeben)

Das Schöne daran ist, dass unsere Thesen mit jedem Spiel neue Nahrung erhalten. Gleichzeitig zwingt uns diese, sagen wir mal im weitesten Sinne wissenschaftliche, Herangehensweise dazu, auch in der kommenden Saison wieder eine Dauerkarte zu erstehen. Die Datenbasis muss schließlich kontinuierlich erweitert werden.

Was die eingangs erwähnte Baseball-Mütze und ihren Einfluss auf das Ergebnis betrifft, bin ich mir allerdings nicht ganz sicher. Wir sollten kein Risiko eingehen. Ich meine, nicht auszudenken...

CG

Hüftsteif unter der Discokugel

Große Show in Bad Cannstatt: Laserkanonen feuern die rot-weißen Farben an den Stuttgarter Nachthimmel. Discokugeln drehen sich über den beiden Toren. Das Fernsehen überträgt live und als Test für die WM sogar im Breitbildformat. 37.000 Menschen wollen das mutmaßlich kälteste Spiel der Saison sehen – schon beim Hinspiel in Parma (5.500 Zuschauer) waren die mitgereisten VfB-Fans in der Mehrheit. Weil einige von ihnen etwas zu viel Feuerwerk dabei hatten und obendrein in der Pizzeria nicht bezahlt haben sollen, kündigen die Gästefans am Spieltag in der Stuttgarter Zeitung martialisch an: „Das Stadion wird brennen!" Daraus wird zum Glück nichts, da die Eingangskontrollen in Stuttgart nicht ganz so schlampig wie in Parma zu sein scheinen. Dafür fallen die Parma-Anhänger während des Spiels durch 120 Minuten ununterbrochenes Fahnenschwenken auf, eine durchaus beeindruckende Konditionsleistung.

Kuriosität am Rande: 19.000 Zuschauer haben sogar schon Karten für die nächste Runde. Denn der VfB hat in einem augenscheinlichen Anfall von Größenwahn und bizarr verstandenem Servicegedanken bereits Tickets für die folgende Runde verkauft, obwohl man diese noch gar nicht erreicht hat. Wenn ich der Trainer des FC Parma wäre, wäre das sicher ein gefundenes Fressen für die Kabinenansprache gewesen.

So zittert VfB-Finanzchef Ulrich Ruf wohl nicht nur wegen der frostigen Temperaturen (-6 °C bei Abpfiff) in seiner Loge, sondern auch bei dem Gedanken an 19000 Rücküberweisungen bei einem eventuellen Ausscheiden. VfB-Hausbank sollte man sein – obwohl, bis vor kurzem war dieser Titel unter Kreditinstituten wohl nicht sonderlich heiß begehrt.

Das Spiel selbst weiß auch notorische Optimisten davon zu überzeugen: Bad Cannstatt, wir haben ein Problem. Obwohl der wieder mit einer halben B-Elf angetretene FC Parma nicht wirklich virulent an einem Weiterkommen interessiert zu sein scheint und sich dessen Kapitän im Laufe des Spiels nach einer sehenswerten Sense mit Rot verabschiedet, gelingt es dem VfB über 90 Minuten nicht, auch nur eine halbwegs klare Torchance herauszuspielen. Die Spieler wirken reihenweise wie fehlbesetzt. Der eigentlich durchaus annehmbare Manndecker Martin Stranzl muss das ganze Spiel lang einen hüftsteifen Linksaußen geben, bei dessen Pässen man sich schon vom Zusehen fast die Beine bricht. Die Stürmer sind vor allem mit Umfallen und Nicht-Anspielbar-Sein beschäftigt, im Mittelfeld läuft selbst der alte Kämpe Zvonimir Soldo seiner Form hinterher und Alexander Hleb sich an meist vier Gegenspielern fest. Einzig der in letzer Zeit so kritisierte Timo Hildebrand erreicht Normalform. Bezeichnend: Die erste einigermaßen brauchbare Flanke des Spiels schlägt der eingewechselte Amateur Christian Gentner kurz vor Schluss.

So geht das Spiel also zum Schock aller Zuschauer (da, wo einmal meine Füße waren, spüre ich schon lange nichts mehr) in die Verlängerung. Die Fans starten die La Ola (die allerdings derzeit angesichts der Grippewelle im Land besser La Grippa hieße). Der Grund ist allerdings nicht das begeisternde Spiel, sondern eher der zwanghafte Wunsch nach etwas Bewegung. Mittlerweile hat Parma sich entschlossen, dem Grauen ein Ende zu setzen und erzielt gegen die indisponiert stehende VfB-Abwehr locker und lässig zwei Kontertore. Aus der Traum von weiteren internationalen Heldentaten und einer Reise nach Lissabon im Mai. Oder wie die Verantwortlichen in einem solchen Fall immer sagen: „Jetzt können wir uns voll auf die Bundesliga konzentrieren!"

Ausnahmsweise könnte man sich auch mal auf sich selbst konzentrieren, finde ich.

Als wir das Stadion verlassen, dreht sich die Discokugel noch ganz langsam. Die Laserkanonen sind schon lange aus.

GK

Wo liegt eigentlich Bielefeld?

Tatsächlich gibt es im Internet eine Initiative, die allen Ernstes zu beweisen versucht, dass Bielefeld, eine Stadt, die mit immerhin 330.000 Einwohnern zu den 20 größten Städten in Deutschland gehört, irgendwo zwischen Nordsee und Alpen gelegen, nicht existiert. Ein interessanter Versuch, der es verdient, aus der Ferne beobachtet zu werden. Ganz so weit, dass ich diese These unterstützen würde, möchte ich allerdings nicht gehen.

Was allerdings den Fußballverein Arminia Bielefeld betrifft, tut mir leid, den habe ich überhaupt nicht auf dem Schirm. Der ist für mich quasi nicht existent und noch nie existent gewesen. Vielleicht liegt es an der langjährigen Zweitklassigkeit, vielleicht liegt es an den Zweifeln an der Existenz der Stadt, deren Namen der Verein trägt. Keine Ahnung... Arminia Bielefeld. Dazu fällt mir überhaupt nichts ein. Ich muss jetzt irgendwie den Bogen für diesen Artikel kriegen.

Neben dem eigenen Verein, den man bedingungslos unterstützt (an dieser Stelle möchte ich nur auf die Heimspielniederlage und damit das Ausscheiden aus dem UEFA-Cup gegen Parma erwähnen; zwei Stunden bei -10 Grad im Stadion. Das sagt ja wohl alles), der – Zitat – gar nicht so schlecht spielen kann, als dass man nicht mehr ins Stadion geht, gibt es Vereine, die man leidenschaftlich, sagen wir mal, nicht so gerne mag. Das ist für mich der FC Bayern, für Gregor auch und unbedingt Leverkusen. Borussia Dortmund hat neben einer großen Zahl von Fans eine ebenso große Zahl von Hassern.

Keine Ahnung, woran es liegt, dass manche Vereine die Fußballfangemeinde dermaßen polarisieren. Vielleicht, weil Fußball immer etwas mit Leidenschaft zu tun hat - ob nun positiv oder negativ. Vereine, die beides in annähernd gleicher Zahl auf sich vereinigen, deren gibt es nicht viele. Manchester United ist ein gutes Beispiel auf internationaler Ebene.

Der Mehrzahl der Vereine steht man allerdings mehr oder weniger neutral gegenüber. Für die hat man nicht mehr als ein Achselzucken übrig. Man unterstützt sie bei internationalen Spielen, mehr aber auch nicht. Aus dieser breiten Masse stechen einige wenige heraus, für die man doch irgendwie so etwas wie Sympathie empfindet. Mainz 05 wurde kürzlich zum sympathischsten Verein der Liga gewählt und löste damit Freiburg ab, die scheinbar ein Abonnement auf diesen Titel hatten.

Was aber bedeutet es für einen Verein, wenn man ihn nicht bemerkt? Den man absolut leidenschaftslos in die erste Liga einordnet und dessen Tabellenplatz man nicht einmal aus den Augenwinkeln registriert, ob er nun ganz oben in der Tabelle ist, oder ganz unten. Von den Ergebnissen einzelner Spiele ganz zu schweigen. Zwischenstände des Bild-Ergebnis-Dienstes werden nicht einmal kommentiert!

Bielefeld ist so ein Fall. Dazu fällt einem einfach überhaupt nichts mehr ein – oder?

CG

Warum Freiburg nervt

Ich mag den SC Freiburg nicht. Das ist zwar eine unpopuläre Meinung (etwa so, wie mit 19 Jahren öffentlich zu bekunden, CDU-Wähler zu sein), aber dazu stehe ich. Mir geht das Missionarische, dieses Erleuchtet-Sein, das dieses lebende Klischee eines Bessere-Welt-Fußballklubs ständig so unterschwellig zur Schau stellt, einfach wahnsinnig auf die Nerven.

Freiburger Zuschauer sind ja so fair und so lustig. Freiburg spielt so einen tollen, technisch anspruchsvollen Fußball. Freiburg widersteht der Kommerzialisierung dieses Sports. Der Freiburger Präsident geht nie zum Spiel ins Stadion, weil ihn das emotional zu sehr mitnimmt. Freiburg schmeißt auch nie den Trainer raus, wenn man absteigt. Freiburg will auch keine Stars, sondern das Kollektiv. Kurz: Freiburg ist das gallische Dorf der Bundesliga. Da kriege ich echt einen Anfall. Alles clever lancierter Schwachsinn! Fehlt bloß noch, dass sie

85

demnächst Grüntee auf der Gegengeraden ausschenken und Wickelzonen hinter den Toren einführen.

Meine Meinung ist: Fouls gehören nun mal auch zum Fußball (auch wenn das viele Zuschauer nicht einsehen wollen – vor allem in Studentenstädten). Wer ein nettes Kombinationsspiel aufzieht (was Freiburg übrigens diese Saison nicht ansatzweise hinbekommt), unterhält zwar, muss deshalb aber nicht gleich heilig gesprochen werden. Auch wenn Herr Finke schon etwa seit 1946 Trainer beim SC zu sein scheint, könnte man mal über ihn nachdenken, vor allem wenn er eine derartig seelenlose Schrott-Mannschaft zusammenkauft wie dieses Mal. Aber das kann Herr Stocker ja nicht, weil er das Wirken seines leitenden Angestellten nur aus der Konserve kennt.

Das finde ich sowieso die Krönung: Man stelle sich vor, Gerhard Schröder ginge nie ins Kanzleramt zum Regieren, weil ihn das emotional zu sehr mitnimmt. Aber das ist natürlich ganz was anderes. Dass dieser Verein sich dann gelegentlich auch noch als großer Jugendförderer hinstellt, setzt dem Ganzen noch die Krone auf, wenn man bedenkt, dass man dort in der Abwehr statt talentierten Nachwuchskickern eher libanesischen Nationalspielern vertraut, die nach bisheriger Saisonleistung besser in die Bezirksliga gehören.

Mein Vorschlag wäre, eine anderthalbte Liga aufzumachen. Da kommen dann die Mannschaften rein, die für die erste Liga zu schlecht und für die zweite Liga zu gut sind: Köln, Bochum, Frankfurt, 1860, Bielefeld, vielleicht Mönchengladbach und dazu noch Freiburg.

Da können die dann unter sich kicken und gehen mir nicht mehr auf die Nerven.

GK

Freiburger Gutmenschen

In Freiburg im Breisgau habe ich drei wundervolle Jahre verbracht. Der Freiburger SC löste meinen all-time-ever-pubertären Lieblingsverein Borussia Dortmund ab. Ich wohnte in Stadionnähe und erlebte die erste „wir entkommen knapp dem Abstieg"-Saison nicht live im Stadion, aber mit hunderten anderen Fans an der Dreisam hautnah mit. Picknickdecken waren ausgebreitet, Radio-Brüllwürfel überall, Bierkästen zum Kühlen im Bachbett und von Ferne wehten einzelne Fangesänge aus dem Dreisam-Stadion zu uns herüber.

Allein dieser Erinnerungen wegen behalte ich den Freiburger SC immer im Herzen. Das Stadion ist klein und authentisch, die Fangemeinde rückte zusammen, alle waren furchtbar engagiert und à propos engagiert, manchmal traf man gar Volker Finke am Altglascontainer oder auf dem Weg zu seinem bevorzugten Bioladen. Schöne heile Fußballwelt.

Ja, ich gebe es zu, ich mag sie, die Freiburger. Ich unterstütze die Badener und wenn Freiburg in Stuttgart spielt, bin ich hin- und hergerissen. Ich mag das Image des Underdogs, ich mag einen Trainer, der loyal seit

12 Jahren zu seiner Mannschaft hält, lukrative Angebote anderer Vereine kategorisch ausschlägt und vor Vertragsende seine Verlängerung unterschreibt. Ich mag den Ruf der Freiburger Fans als Gutmenschen. Ich mag Freiburgs Ruf als Ökostadt und finde, die Stadt könnte keinen passenderen Fußballverein haben.

Mit dem SC verliert die erste Bundesliga einen meiner Lieblingsvereine. Abgestiegen sind die Freiburger mit 100prozentiger Wahrscheinlichkeit schon. Deshalb müssen wir heute ohne jede Diskussion gewinnen. Der SC wird es mir nachsehen...

CG

Banik Ostrau

Gastbeitrag von Christian Dück

Am Tag danach ist ganz Bremen depressiv. In einem Café an der Weser sitzen zwei Mittvierziger bei kühlem Getränk und sind sich einig: Werder sollte sich ab sofort auf den DFB-Pokal konzentrieren, um das internationale Geschäft doch noch zu errreichen. Das sonntägliche Anzeigenblatt schreibt von ausgeträumten Träumen. Auch das Baby, das im Kinderwagen mitten in der Fußgängerzone selig am grün-weißen Schnuller nuckelt, kann nicht über das Stimmungstief hinwegtäuschen – es ist vermutlich nur zu müde, ihn auszuspucken.

Wieder einmal habe ich meine Enklave in Chemnitz verlassen, um mir ein Auswärtsspiel des VfB zu gönnen. Nicht irgendeines. Es geht um viel, wenn nicht um alles: Wir sind Dritter, die Bremer einen Punkt hinter uns, und wer verliert, kann sich erstmal von Champions-League- und Titel-Ambitionen verabschieden. In der Hansestadt bin ich zu Besuch bei Daniel, jenem Freund, mit dem ich schon die Pokalpartie in Oberhausen besucht habe, damals, bei unserem Aufenthalt in Hagen im Ruhrpott, einer Stadt, in der Getränkemärkte „Durstfabrik" und die Stadtteile Kabel und Ischeland heißen. Aber das nur am Rande.

Daniel sagt, seit dem Doublegewinn der Bremer sei die Euphorie an der Weser grenzenlos. Tatsächlich hat Mittelfeldmann Fabian Ernst erst wenige Tage vor dem VfB-Spiel in der Presse schon über den nächsten Titelgewinn schwadroniert. In allen Kneipen der Stadt hängen Vereinsfahnen, und bei unserem Einmarsch in die zugige Betonschüssel des Weserstadions intonieren 40.000 siegesgewiss die Vereinshymne, die im vergangenen Erfolgsjahr eilig komponiert wurde: „Wir haben die Schale, und auch den Pokal."

Doch dann ist Anfang und Schluss mit lustig. Zunächst vor allem für den VfB, denn die Bremer beginnen sehr stürmisch. Angriffswelle um Angriffswelle rollt auf die rot-weiße Abwehr zu, und auf meinem Platz wird mir abwechselnd heiß und kalt: Weil Hinkel und Meira gesperrt sind, ziehen dort nämlich Zivkovic und Vranjes unkoordinierte Kreise über den Platz, schlagen Kerzen und wirken auch sonst alles andere als sattelfest. Wie durch ein Wunder – und vermutlich aus Versehen – scheint die Viererkette dennoch alles richtig zu machen. Ein ums andere Mal rennen Klose und Klasnic ins Abseits, bei Nummer acht höre ich auf zu zählen. Nur einmal kommt der Kroate gefährlich durch, doch sein Schuss zischt Zentimeter am Pfosten vorbei.

„Du bist wohl Stuttgarter", fragt neben mir ein Mann mit Bierbauch zur Pause. Ich sage „ja" und frage „ist das schlimm?". „Nee", lacht er gönnerhaft und holt sich eine Stadionwurst. Kaum hat er sich wieder hingesetzt, steht es 1:0 für uns. Die Bremer arbeiten wohl nicht besonders oft mit Videoaufzeichnungen, sonst hätten sie gewusst, was nach einer Ecke von Hleb für gewöhnlich passiert: Irgendwo, im Rücken der Abwehr, lauert Meise Meißner, tut zunächst harmlos und windet sich dann genau im richtigen Moment zum nahenden Ball, um ihn mit Köpfchen, Wucht und Elan im Netz zu versenken.

Obwohl Klasnic vier Minuten später Hildebrand zum Ausgleich tunnelt, ist Bremen baff. Sammers Defensivtaktik geht auf. Die Abwehr holpert und stolpert, lässt aber nicht mehr viel zu. Das Mittelfeld schwankt und wankt, richtet aber keinen Schaden an. Der Sturm – nun gut, das ist ein Kapitel für sich. Der besteht heute nur aus National-Kevin, und der hat sein ganz eigenes Ziel. Nach mehreren torlosen Spielen möchte er heute die 500 Minuten ohne Treffer voll machen und versteckt sich daher so gut es nur geht vor dem Ball. Wenn er dem Spielgerät partout nicht ausweichen kann, kullert er es sacht, so sacht wie nur möglich, in Richtung Reinke.

Auf meinem Platz über dessen Tor habe ich mich in der 83. Minute schon mit einem drögen Remis abgefunden, als ausgerechnet eine erneute Kullereinlage Kuranyis ein Wunder bewirkt: Ob Reinkes Hirn gerade den aktuellen Tabellenstand berechnet oder erste Hassgedanken an den bald zu den Bremern wechselnden Konkurrenten Tim Wiese verschwendet, ist nicht zweifelsfrei zu erkennen. Zu sehen ist nur, dass er den Ball nicht festhält, urplötzlich Tiffert vor ihm auftaucht und tut, was er sonst nie tut: Er schießt ein Tor.

Das Stadion beginnt sich zu leeren. Enttäuschte Bremer Fans beginnen einen Sternmarsch zu den Ausgängen. Der Mann mit dem Bierbauch jedoch bleibt. Er knetet seine Hände, schimpft ein wenig Richtung Spielfeld und winkt nach dem Abpfiff nur noch entgeistert ab. „Dann eben UI-Cup gegen Banik Ostrau", grummelt er leise und trottet davon. Am Tag danach ist ganz Bremen depressiv.

Schalke 03

Wir werden Meister. Ich weiß es ganz genau. Das sagt mir einfach die Erfahrung und die Intuition. Zwar liegt der VfB vor dem heutigen Spieltag 5 Punkte hinter Bayern und Schalke, hat aber beide noch im Daimlerstadion zu Gast. Angesichts der Heimstärke in dieser Saison ein nicht zu unterschätzender Vorteil, falls die Konkurrenten nochmal irgendwo Punkte liegen lassen – was nicht ganz unwahrscheinlich ist.

Vor dem Spiel gegen Schalke 04 ist also klar: Mit einem Sieg wird aus dem Meisterschafts-Zweikampf ein Dreikampf.

Parallelen zu den Jahren 2001 (Schalke verspielte am vorletzten Spieltag die Meisterschaft beim abstiegsbedrohten VfB und kreierte die Selbstbeweihräucherung eigener Unfähigkeit namens „Meister der Herzen") und 1992 (ein nicht attraktiv, aber effizient spielender VfB holte aus dem Nichts am letzten

Spieltag die Meisterschale) füllen vor dem Anpfiff die Sportseiten der Zeitungen.

Überhaupt Schalke. Ein Mythos – oder das, was manche Leute sich darunter vorstellen. Seit fast 50 Jahren warten sie auf einen Meistertitel. Die Begeisterungsfähigkeit und Loyalität der königsblauen Fans ist legendär. Für einen Außenstehenden wie mich wirkt es immer ein bisschen irritierend, wenn ein unbedarfter Reporter wieder mal die Geschichte von der durch Arbeitslosigkeit gebeutelten Region, in der der Fußball den Menschen Sinn und Hoffnung gibt, bemüht. Ist doch total bizarr: Eine mit Bergen von Geld hochgezüchtete Robotertruppe soll den von den Schattenseiten des Kapitalismus geschlagenen Menschen Perspektive geben? Ich weiß ja nicht.

Drei Wochen sind seit dem letzten Heimspiel vergangen und der langersehnte neue Rasen ist endlich da. Ein schon nicht mehr für möglich gehaltener Anblick: Ein einziges flaches Grün, ganz ohne braune Gräben im Rübenacker-Stil. Unfassbar.

Tatsächlich scheint das, was ich immer für eine willkommene Ausrede der Spieler gehalten habe, doch ein

Fünkchen Wahrheit zu beinhalten: Auf dem neuen Geläuf zieht der VfB gegen die hoch gehandelten Schalker wieder das Spiel auf, das ihn zu Beginn der Saison so erfolgreich machte: Eine flexible Defensive, davor ein kompaktes und spielstarkes Mittelfeld, dazu konterstarke und technisch beschlagene Offensivspieler.

Wie weggeblasen ist der langweilige, aber erfolgreiche Effizienzfußball der letzten Wochen – den wohl auch die Schalker erwartet haben. Nach 10 Minuten hat der VfB bereits zwei Großchancen gehabt und ein Schalker Gelb gesehen. Nichts will den Jungs aus Gelsenkirchen so recht gelingen, obwohl sie doch heute so gerne ihr Stuttgart-Trauma hinter sich lassen wollten. Statt dessen dürfte der arme Marcelo Bordon jetzt ein solches haben: An alter Wirkungsstätte säbelt er über eine Tiffert-Flanke, die Kuranyi zum 1:0 über die Linie schiebt.

Ausgerechnet Kuranyi. Seit bekannt ist, dass er den Club dank Ausstiegsklausel wohl verlassen kann, wenn die Champions League nicht erreicht wird, spielt er gegen den Verdacht an, er wolle sich mittels verpassten Torchancen aus Stuttgart loseisen. Sammers Mauer-

Taktik des neuen Jahres war da auch nicht gerade förderlich. Die Presse zählt schon wieder genüsslich die Minuten, die er ohne Tor ist.

Doch heute ist Schluss damit. Direkt nach der Pause köpft er zum 2:0 ein, später vollendet er einen Konter zum entscheidenden 3:0. Hattrick. Eine angemessene Antwort auf die Sticheleien des Schalkers Mike Hanke („Schalke braucht keinen Kuranyi, Schalke hat Hanke") vor dem Spiel. Letzterer ist vor allem mit Bälleverlieren beschäftigt und fällt nur durch einen halbwegs dekorativen Fernschuss auf. Sogar der notorische Kuranyi-Kritiker hinter mir („Sofort verkaufen!") ist ausnahmsweise begeistert.

Selbst die Fouls misslingen der Ruhrpott-Elf: Beim Versuch, Andreas Hinkel den Oberschenkel zu amputieren, holt sich Linksverteidiger Christian Pander selbst einen Innenbandanriss. Die restlichen Schalker Angriffsbemühungen macht Timo Hildebrand zunichte. Gegen Ende gibt Philipp Lahm nach drei Monaten Verletzungspause sein langersehntes Comeback, gefeiert mit Standing Ovations.

Ein Gefühl der Euphorie, lange nicht mehr gekannt,

macht sich breit, als die zwischenzeitliche Gladbacher Führung in München verkündet wird – die diese natürlich prompt wieder verspielen.

Aber wir schaffen es auch so. Ganz sicher. Spätestens am 21. Mai gegen Bayern.

Es ist Schicksal. Ich weiß es genau.

GK

Die goldene Ananas

Heute geht es ums Ganze. Wenn der VfB ein Profi-Verein sein will, dann muss er es heute allen zeigen. Nach dem verlorenen Spiel in Rostock dürfen wir uns jetzt nicht auch noch eine Heimniederlage leisten. Ansonsten spielen wir um die goldene Ananas, aber nicht um die Meisterschaft - und ich verliere neben diversen Wetten noch das letzte bisschen Fan-Ehre. Ich möchte da nicht ins Detail gehen, aber der VfB schuldet mir wirklich was. Es wird eng.

Aber Bayern-Fan zu sein wäre ja einfach. Jeder kann Bayern-Fan sein. Bayern-Fans sind wie Schönwetter-Fahrradfahrer, die einem schon zu Uni-Zeiten an heißen Sonnentagen genau die Fahrradstellplätze wegnahmen, die im Winter, wenn nur die wirklich Harten immer noch durch Eis und Schnee radeln, verwaist sind.

Der FC Bayern ist wie Camping in Griechenland im

August, wie jetzt wieder Converse-Turnschuhe tragen und Retro-Style mögen, wie Beachvolleyball seit Olympia in Sydney cool finden.

Bayern-Fan sein ist wie in Baden-Württemberg CDU wählen. Da ist man einfach auf der sicheren, sprich auf der Seite der Sieger. Man riskiert absolut nichts und kann ganz sicher sein, dass man sich mit der Mehrheit bewegt. Die Mitgliederzahlen sprechen für sich. Der FC Bayern spielt jede Saison um die Meisterschaft, was er auch nicht versäumt, bereits noch in der Sommerpause kund zu tun. Wie so vieles. Dieser Verein hat einfach immer etwas zu sagen und die Fans scheinen unersättlich: Olli und Verena hoch und runter. Hurra FC Hollywood.

Mit dem Unterschied, dass es zu den großen Events und Preisverleihungen dieser Welt üblicherweise auch eine Gegenveranstaltung gibt. Es gibt den Oscar für beste schauspielerische Leistungen und es gibt die goldene Himbeere für alle Models/Sängerinnen, die gerne Schauspielerin geworden wären. Ich meine, selbst in der Bundesliga könnte man beide Preise in jeder Saison mehrfach vergeben. Es gibt die Listen der bestangezogensten Hollywood Stars und naja, das Gegenteil eben.

Zur Meisterschaft, zu dieser hässlichen Obstplatte, gibt es kein Pendant. Warum steht der VfB dann auf dem Platz, als ginge es um die goldene Ananas und nicht die Meisterschaft?

CG

Schön-Wetter-Fans

Das kann ich wirklich nicht ausstehen. Das Spiel kann noch so schlecht sein, ich verlasse das Stadion nicht vor dem Abpfiff. Das ist grobes, unsportliches Verhalten. Gegenüber den Fans, die „Entschuldigung, darf ich mal bitte durch" umständlich die Knie zur Seite, versuchen, noch am breiten bejackten Rücken vorbei, einen Blick auf das Geschehen auf dem Spielfeld zu erhaschen. Und gegenüber der Mannschaft unten auf dem Rasen. Das ist nicht auszuhalten.

Keine abfahrende S-Bahn kann das entschuldigen. Noch schlimmer, die Ausrede, man wolle früher als alle anderen wieder am Auto sein, um dem Stau der restlichen abfahrenden Stadionbesucher zu entgehen. Warum gehen solche Leute in ein Fußballstadion? Wohlwissend, dass sie dieses mit durchschnittlich 40.000 anderen Menschen besuchen? Womöglich noch nur zu den Top-Spielen. Zweitklassige Begegnungen in der ersten

Liga muss man sich ja nicht antun.

Gerne kommt diese Sorte Stadionbesucher auch nur bei schönem Wetter. Gar nicht im Winter, wenn es auf der Tribüne zugegebenermaßen richtig kalt wird. Und sich dann aber beschweren, dass man nur noch Karten mit Sichtbehinderung bekommen hat. Ha.

Das sind die Toilettengänger und Wurst- und Bierbeauftragten, die kurz vor der Halbzeit, um nicht in der Schlage stehen zu müssen, schnell, schnell durch die Sitzreihen drücken. Das sind die Zuspätkommer, die ewig Bequemen, die für alle anderen Unbequemen.

Manche versuchen zu begründen, sie könnten das jetzt nicht mehr mit ansehen. Mitgefangen mitgehangen, sage ich da nur. Man kann eben nicht nur bei Siegen zu den Fans gehören. Fan einer Mannschaft ist man erst, wenn man bei Zitterpartien mitgelitten und bei Minusgraden auch noch die Verlängerung durchgestanden hat. Wenn der Abstieg kurz bevorsteht oder nicht mehr abzuwenden ist. Wenn man auch gegen den Tabellenletzten und sicheren Absteiger ins Stadion geht, obwohl für die eigene Mannschaft auch nichts mehr zu reißen ist – und das Spiel dann 0:0 ausgeht.

Das Spiel ist schlecht. Richtig schlecht. Hannover kann man nicht ernsthaft als würdigen Gegner bezeichnen. Das Spiel verdient diesen Namen gar nicht. Der VfB hat keine Chancen und wenn, dann kann er sie nicht verwerten. Gegen Freiburg verloren (niemand außer Wolfsburg hat in dieser Saison gegen Freiburg verloren), gegen Wolfsburg ein unlustiges 0:0, auswärts gegen Gladbach verloren - nach diesen letzten verlorenen und unentschieden gespielten Begegnungen macht sich langsam Unmut breit. Allein der Fanblock heizt unverdrossen die Stimmung an und fordert die Champions League. Zehn Minuten vor Schluss verlassen Scharen bereits das Stadion, hetzen zur S-Bahn und zu den Parkplätzen, um nur ja dem Strom der Massen zu entrinnen.

Es ist die letzte Aktion der regulären Spielzeit. Kevin Kuranyi trifft zum 1:0. Jubel brandet auf, wogt durch das Stadion. Die Wogen tragen mich die Treppen hinunter aus dem Stadion hinaus zur S-Bahn. Ich bin Teil der seeligen Masse. Ein glücklicher Fan.

Das geschieht diesen Schön-Wetter-Fans recht.

CG

Bestrafe mich

The world has turned and left me here
Just where I was before you appeared
And in your place an empty space
Has filled the void behind my face
(Weezer)

In dieser Spielzeit liefen bei Premiere zu diesem Song immer die Bilder des Tages nach der Bundesliga-Übertragung. Nettes Lied, dachte ich mir jedes Mal, wenn auch nicht mehr ganz neu. Da hätte ich mir schon denken können, das mich das nochmal einholt. Das ist nämlich immer so.

Seit zehn Monaten habe ich fast täglich an diesen 21. Mai gedacht. Als im letzten Sommer der Spielplan bekanntgegeben wurde, kannte die Vorfreude keine Grenzen: Bayern zu Hause am letzten Spieltag! Ein Traum! Alles bereitet für ein Happy End nach einem Saisonfinale voller Dramatik! Ein Fixpunkt im Jahr, auf den man hinfiebert, der einen Grottenkicks und UEFA-

Cup-Duelle bei Arktis-Temperaturen ertragen lässt. Dieses Spiel, das wir alle so lieben, hat viel mit Emotion, Leidenschaft, Hoffnung zu tun. Deswegen tut es auch so weh, wenn es mal wieder schiefgeht.

Der lang ersehnte Tag begann schon mies. Ich sah aus dem Fenster und es regnete in Strömen. Da hatte ich schon ein ganz schlechtes Gefühl. Im Stadion dann so eine drückende Wärme, die einen schon automatisch aggressiv macht. Alle um mich herum sind total hochgejazzt und voller Erwartung. Ich bin früh dran, sitze noch allein in meiner Reihe und kriege das Ganze irgendwie nur halb mit. Bleischwer liegt das Drama, das unvermeidlich folgen wird, auf meinen Schultern. Ich versuche mich mit der Stadionzeitung abzulenken, aber es ist sinnlos.

Endlich der Anpfiff. Angesichts der Ausgangslage – der UEFA-Cup ist bereits gesichert, für einen Platz in der Champions League muss jedoch wahrscheinlich ein Sieg her, da die Konkurrenten Schalke, Hertha und Bremen relativ leichte Gegner haben – bin ich seit Tagen innerlich vorbereitet für eine Achterbahnfahrt über 90 Minuten. Ist doch immer so am letzten Spieltag: Führungswechsel ohne Ende, Chaos, Dramatik pur. Das Handy immer griffbereit, um jederzeit nachsehen zu können, wie es in den anderen Stadien steht.

Doch es kommt alles ganz anders. Kaum hat das Spiel richtig begonnen, führt Bayern durch zwei Standardsituationen schon 2:0. Obwohl die Münchner augenscheinlich nicht volle Pulle spielen, da sie am nächsten Samstag noch das Pokalfinale haben, hat man den Eindruck, dass sie doppelt so schnell rennen wie die Stuttgarter, die überhaupt nicht in die Gänge kommen. Zur Halbzeit wünschen einige sich insgeheim, dass es schon vorbei wäre.

Als dann Roy Makaay zum 3:0 trifft, verlassen viele fluchtartig das Stadion, weil sie diese erbärmliche Vorstellung nicht mehr ertragen können. Ausnahmsweise verstehe ich sie sogar. Ich würde vielleicht auch gehen, bin aber dermaßen paralysiert, dass ich nicht aus meinem Sitz hochkomme.

Schon 20 Minuten vor Schluss beginnt die Kurve mutlos „You'll never walk alone" anzustimmen, doch selbst das wirkt wie eine Plichtveranstaltung und verebbt bald.

Während der endlos langen restlichen Minuten geht mir vieles durch den Kopf:

Der gute Saisonstart, der erste Einbruch in Freiburg, das verschenkte Pokalspiel bei den Bayern, der schlechte Start in die Rückrunde mit nur einem Punkt aus Spielen gegen Nürnberg und Kaiserslautern, die Erfolgsserie mit neuem Defensivsystem im Frühjahr, der großartige Sieg gegen Schalke, die seitdem währende Serie mit unglaublichen vier Punkten aus sechs Spielen – darunter Niederlagen gegen die Abstiegskandidaten Rostock, Mönchengladbach und Bochum. Die Liga ist insgesamt doch so schwach wie selten: Schalke rettet sich trotz einer ähnlich miesen Bilanz im letzten Viertel der Saison sogar noch zur Vizemeisterschaft.

Mehrmals war die Chance da, mit nicht einmal außergewöhnlichen Leistungen vorbeizuziehen und Kurs auf die Champions League zu nehmen. Nun heißt es wieder UEFA-Cup. Man glaubt es einfach nicht. Es ist ein Gefühl irgendwo zwischen Wut und Verzweiflung.

Ich trotte nach Hause und fühle mich leer.

GK

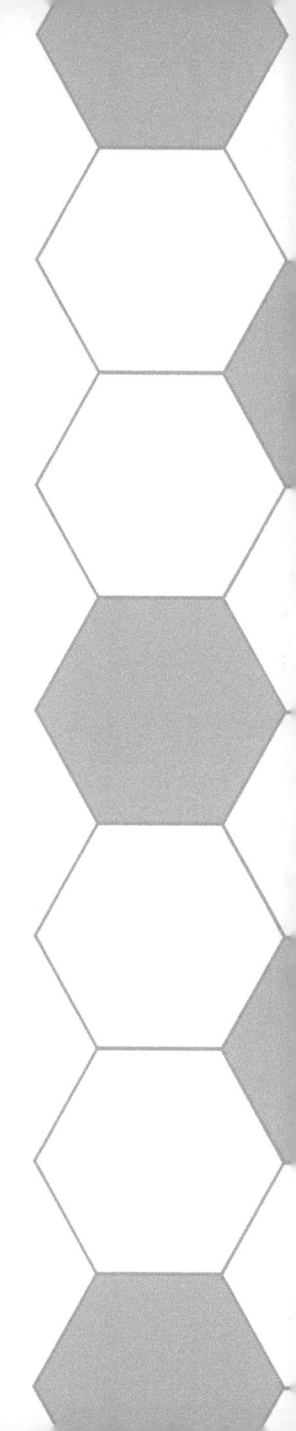

Liteks Lovetsch oder alles andere lieber

Epilog von Christian Dück

Aus, aus, aus! Die Saison ist aus! Und zum Ende hin ist sie noch einmal so richtig grausam geworden! Wieder einmal habe ich mich aus meinem Chemnitzer Exil geschält, um den Jungs mit dem roten Brustring eine letzte Referenz zu erweisen. Als ich das Ticket besorgt habe – damals, im Januar – hatte ich noch von einem Zweikampf um die Meisterschaft zwischen uns und den Bayern geträumt. Nach der Niederlagenserie gegen Fußball-Fliegengewichte in den Wochen zuvor ging es nunmehr nur noch um eines: Ertragen. 90 Minuten lang, wie ein auseinanderfallendes Ensemble völlig würde-, kraft- und sinnlos gegen halbherzig siegende Bayern anstolpert. 90 Minuten lang mit verschränkten Armen in der Kurve, ohne Emotionen, gelinde angewidert und mürrisch nickend, als ein aufgebrachter Fan weiter oben lauthals „Sauhaufa" skandiert. 90 Minuten Offenbarungseid und grausame Gewissheit, dass es so nicht einmal gegen Liteks Lovetsch und Sigma Olmütz im UEFA-Cup reicht. Oder Banik Ostrau. Der Rest ist Enttäuschung, ist Schweigen und ein leiser Nachhall altersschwacher Worte: Manchmal liebe ich diesen Verein. Doch heute ist mir alles andere lieber.

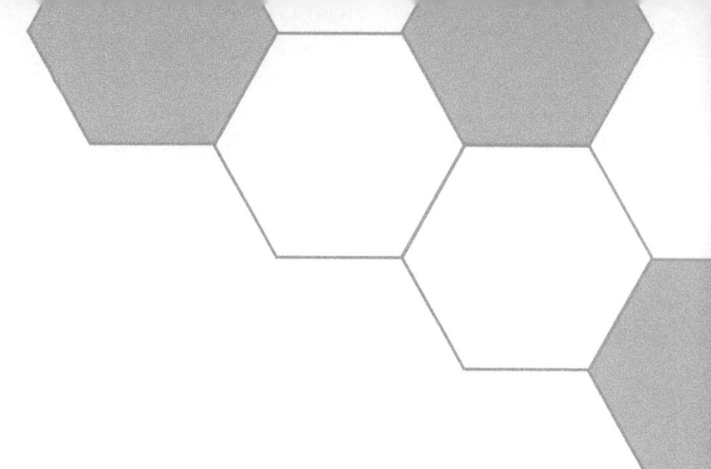

Am 3. Juni 2005 gibt der VfB Stuttgart die Trennung von Trainer Matthias Sammer bekannt.

Am 11. Juni 2005 kündigt Kevin Kuranyi seinen vorzeitigen Wechsel zum FC Schalke 04 an.

Am 17. Juni 2005 wird Giovanni Trapattoni als neuer Trainer vorgestellt.

Am 27. Juni 2005 bestätigt der Verein den Wechsel von Alexander Hleb zum FC Arsenal London.

Die Autoren

Christine Glenz

Äußerst aktive Passiv-Fußballerin.

Sozialisation: SV Schramberg 08, bereits als Kind auf Schrambergs Bolzplatz zu Hause. VfB-Fan durch väterliche Prägung. Pubertätsbedingte Abwanderung zu Borussia Dortmund. Erste Devotionaliensammlung in gelb-schwarz. Mit Umzug nach Freiburg zu Beginn der Saison 1996/1997 Sympathie für den Aufsteiger SC Freiburg. Beginn der Bratwurst-und-Bier-vor-dem-Spiel-Tradition. Trotz Umzug nach München standhafter SC-Fan. 2003 Heimkehr ins Schwabenländle und Rückkehr zu den familiären Wurzeln.

Erster Stadion-Besuch: VfB Stuttgart – Borussia Dortmund, schätzungsweise in der Saison 1993/1994. Danach große Erfolgserlebnisse als Borussia Dortmund-Fan im Gottlieb-Daimler-Stadion und familiäre Fastzerwürfnisse anlässlich der bis heute höchsten Heimniederlage des VfB.

Gregor Klein

Wandelndes Fußballlexikon, nie um eine Metapher oder Phrase verlegen.

Sozialisation: VfR Murrhardt, nach kurzer Freizeitfußballkarriere heute nur noch Auftritte bei Prominentenspielen. Schon immer zu den Underdogs neigend – frühe Sympathien für die Stuttgarter Kickers während deren kurzer Bundesliga-Zeit. Nach längerer Neutralität schließlich Eintritt beim FC St. Pauli, seitdem diverse Auf- und Abstiege durchlitten.

Erster Stadion-Besuch: VfB Stuttgart Saison 1983/84, Gegner nicht mehr rekonstruierbar. Später dort unter anderem Zeuge von Christoph Daums Einstandssieg, des Abstiegs-Finales gegen Schalke 04 (2001), der wundersamen Champions League-Qualifikation und der Spiele gegen Manchester United und Glasgow Rangers (2003).

Wir danken:

Axel Reis

Christian Dück

Nicola Furkert

Peter & Knut Landsgesell

Eva Schöndorfer

Brigitte Schilling

VfB Stuttgart 1893 e.V.

„Ich sage nur ein Wort: Vielen Dank."
(Horst Hrubesch)

Wir grüßen:

Horst & Markus
Titus Simon
11FREUNDE

Christoph Baßmann, Hans-Martin Blank, Reinhardt Dück, Ricarda Dück, Stephan Fischer, Thomas Flinspach, Susanne Glenz, Walter Glenz, Thomas Kunter, Sandra Lindner, Kathrin Nühse, Eliane Rautenberg, Florian Schinle, Annelie Schütt, Michael Schwarz, Julia Stötzner, Christina Teich, Andrea Tensing, Vassiliki Tona, Bettina Urban, Jan Walter, Andreas Weiss und

„Alle die Träume haben und die nichts mit
Uli Hoeneß gemein haben"
(Beginner)

Anmerkung: Wem die grafischen Strukturen auf der linken Seite irgendwie bekannt erscheinen sollten, findet hier einen kleinen Tipp ;-)